AUUUU
AUUUU
AUUUU

IVO Y LOS LOBOS
ISBN 978-607-9344-72-6
1ª EDICIÓN: 15 DE MAYO DE 2015

©2015 BY BRENDA LEGORRETA
©2015 DE LAS ILUSTRACIONES BY ELSIE PORTES
©2015 BY EDICIONES URANO, S.A.U.
ARIBAU, 142 PRAL. 08036 BARCELONA
EDICIONES URANO MÉXICO, S.A. DE C.V.
AV. INSURGENTES SUR 1722 PISO 3, COL. FLORIDA,
MÉXICO, D.F., 01030 MÉXICO.
WWW.URANITOLIBROS.COM
URANITOMEXICO@EDICIONESURANO.COM

EDICIÓN: VALERIA LE DUC
DISEÑO GRÁFICO: ELSIE PORTES

IMPRESO EN CHINA — PRINTED IN CHINA

IVO
Y LOS LOBOS

BRENDA LEGORRETA • ILUSTRADO POR ELSIE PORTES

A IVO NO LE GUSTABAN LOS LOBOS, ¡NADA DE NADA

LES TENÍA MIEDO POR SUS OJOS TERRIBLES

Y SUS DIENTES AFILADOS.

HASTA QUE UN DÍA SE ENCONTRÓ UN PEDAZO DE CARBÓN EN MEDIO DEL BOSQUE Y TODO CAMBIÓ.

ENTONCES SÍ...

DIBUJÓ A LA BESTIA QUE LO DEFENDERÍA.

trazó unas garras de LEÓN,

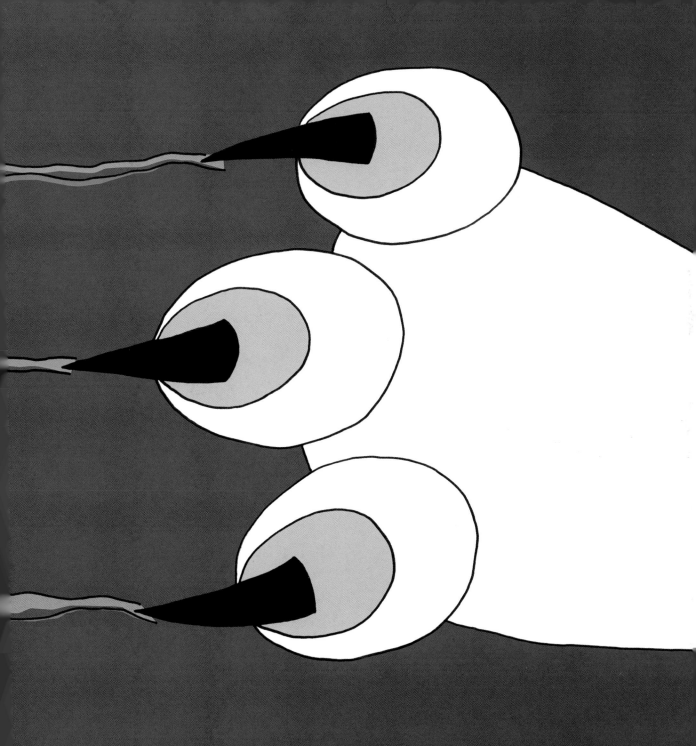

Y UNAS PEZUÑAS DE TORO.

dibujó unos colmillos de **TIBURÓN,**

una lengua de SAPO,

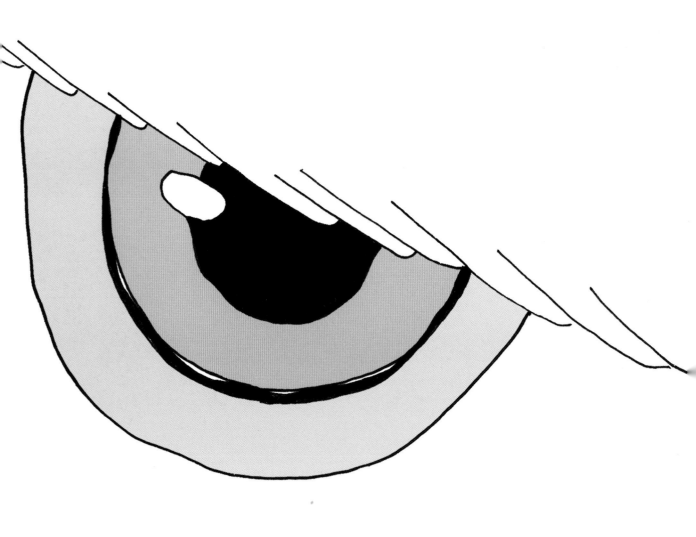

Y PINTÓ UNOS OJOS DE **BÚHO.**

LUEGO DELINEÓ EL PELAJE DE UN OSO,

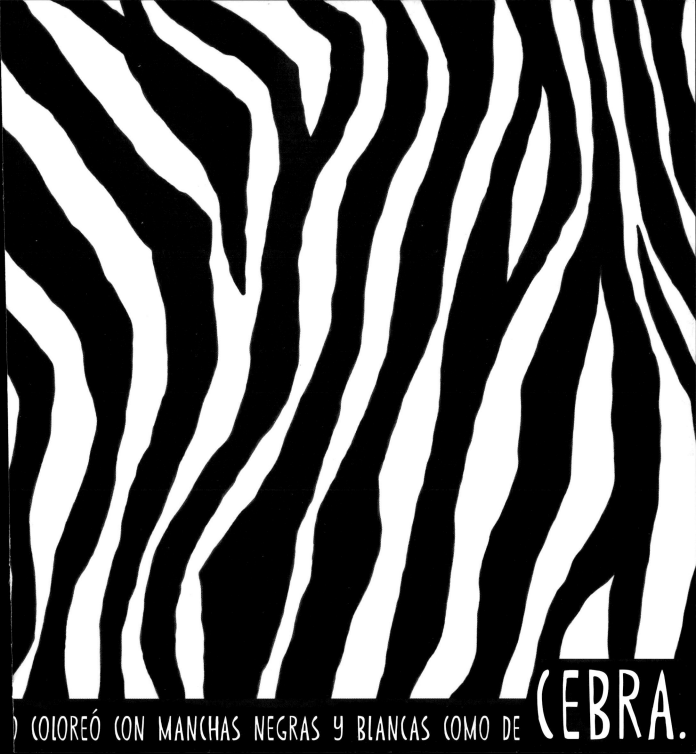

D COLOREÓ CON MANCHAS NEGRAS Y BLANCAS COMO DE CEBRA.

PERO AL VERLO TERMINADO...

¡CASI SE MUERE DEL SUSTO!

SIN QUERER,
¡LE DIO VIDA AL LOBO DE SUS
PESADILLAS!

GRRRR...

SUS OJOS NO ERAN TAN TERRIBLES,
NI SUS DIENTES TAN AFILADOS.

IVO SE DIO CUENTA QUE EL TERRIBLE LOBO ERA EN REALIDAD...

¡EL GUARDIÁN QUE LO PROTEGÍA!